QUANDO A PRAIA CHAMA PARA BRINCAR

Editora Appris Ltda.
1.ª Edição - Copyright© 2024 da autora
Direitos de Edição Reservados à Editora Appris Ltda.

Nenhuma parte desta obra poderá ser utilizada indevidamente, sem estar de acordo com a Lei nº 9.610/98. Se incorreções forem encontradas, serão de exclusiva responsabilidade de seus organizadores. Foi realizado o Depósito Legal na Fundação Biblioteca Nacional, de acordo com as Leis nºs 10.994, de 14/12/2004, e 12.192, de 14/01/2010.

Catalogação na Fonte elaborada por: Josefina A. S. Guedes - Bibliotecária CRB 9/870

C871q   Coutinho, Erica
2024   Quando a praia chama para brincar / Erica Coutinho; ilustrado por Junior Marques. – 1. ed. – Curitiba: Appris, 2024.
          32 p. : il. color. ; 16 cm.

          ISBN 978-65-250-5957-0

          1. Literatura infantojuvenil. 2. Praias. 3. Natureza. 4. Biodiversidade.
          I. Título.
                                                         CDD – 028.5

	FICHA TÉCNICA
EDITORIAL	Augusto Coelho
	Sara C. de Andrade Coelho
COMITÊ EDITORIAL	Marli Caetano
	Andréa Barbosa Gouveia - UFPR
	Edmeire C. Pereira - UFPR
	Iraneide da Silva - UFC
	Jacques de Lima Ferreira - UP
SUPERVISOR DA PRODUÇÃO	Renata Cristina Lopes Miccelli
REVISÃO	Arildo Junior
	Alana Cabral
PRODUÇÃO EDITORIAL	William Rodrigues
PROJETO GRÁFICO E ILUSTRAÇÃO	Junior Marques
REVISÃO DE PROVA	Jibril Keddeh

Editora e Livraria Appris Ltda.
Av. Manoel Ribas, 2265 – Mercês
Curitiba/PR – CEP: 80810-002
Tel. (41) 3156 - 4731
www.editoraappris.com.br

Printed in Brazil
Impresso no Brasil

Erica Coutinho

Quando a Praia Chama para Brincar

Ilustrado por Junior Marques

Às minhas filhas, companheiras de aventuras e fontes de inspiração.

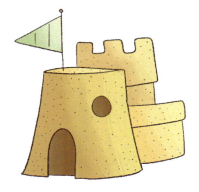

Agradeço aos meus pais, que me permitiram uma infância livre e de conexão plena com a natureza.

Agradeço ao meu companheiro, por estar sempre ao meu lado, não importa em que universo.

Uma das coisas que eu mais me lembro é ficar, às vezes, fazendo aqueles castelinhos de areia. Sabe como que é? Molha a areia e vai fazendo um castelo que vai pingando, pingando, pingando, pingando, pingando, pingando, pingando, pingando... de repente, ele desmancha todo. Aí você começa de novo. Eu acho que a minha vida foi isso: eu fiquei pingando.

(Maria Amélia Pinho Pereira)

UM LANCHINHO SAUDÁVEL TAMBÉM É BEM-VINDO.

E O REPELENTE PROTEGE QUANDO SURGEM OS BICHINHOS.

Quando cavo um buraco e a água aparece, é a praia me convidando para que a brincadeira comece.

Com meus dedos pequenininhos, é possível fazer castelinhos.

Pego um punhado de areia molhada e deixo cair os pinguinhos.

Escolho a forma que quero montar
e repito o movimento até minha arte criar.

A árvore do mangue forma um berço para todos os filhotinhos do mar, mas também me dá uma ferramenta boa de brincar.

Sua semente, quando chega na praia, parece um canetão.

E convida a desenhar na areia, soltando toda a minha imaginação.

Falando em filhotinhos,
quem sabe você encontra um ninho?

Tartarugas vêm e vão,
cavando à noite um buracão,
onde deixam todos os seus ovinhos.

E um dia, com muita sorte, podemos vê-las nascer e para a água salgada correr.

Mas não podemos tocar nas pequenininhas, elas ficam bem sozinhas.

Andam devagar, mas são espertas, entram no mar na hora certa.

Alguns bichinhos da praia dependem, fazem suas casas e vivem contentes.

Na areia molhada posso ver os tatuís.

Com a anteninha de fora e enchendo a barriguinha, até a hora de dormir.

Já na areia fofa,
as maria-farinhas fazem suas tocas.

E, no final da tarde, adoram dar uma volta.

E uma curiosidade da vida dela,
sua comida favorita é a caravela.

Mas atenção!

A caravela é bela, mas não se deve pegar,
pois o nosso corpinho ela pode machucar.

Escorrego e pulo sem me preocupar.

Sei que o mar enche e coloca tudo de volta no lugar.

E quando o mar forma piscinas, também acho uma delícia.

Agora...

Se eu tenho uma bola ou algo que boia, chamo a onda para brincar.

Quando eu jogo, ela devolve, me desafiando a não mergulhar para pegar.

Não posso esquecer das esculturas de areia.

Uso minhas mãozinhas para fazer fortes e sereias.

Tudo o que penso, consigo construir.

Moldando sem parar,
misturando areia e a água do mar,
até minha grande obra surgir.

Sei que toda vez que eu for à praia, vou inventar uma nova brincadeira.

O ambiente é muito legal e cheio de surpresas.

Você também pode arriscar!

Uma nova ideia pensar
e aproveitar para os amigos contar.

Juntos precisamos proteger nosso tesouro.

A natureza é mais valiosa que ouro.

É o lugar onde todos podemos brincar,
sem ter hora para acabar
e que ainda nos permite respirar.

Erica Coutinho nasceu em Porto Velho/RO e se mudou para a Península de Maraú/BA com 4 anos de idade. Vivenciou a liberdade de morar na praia e se divertir com o que ela oferece. A natureza a acompanhou em sua formação em Biologia e mestrado em Gestão de Áreas Protegidas. Esforça-se para que as próximas gerações tenham a possibilidade de viver em um ambiente saudável e experimentar o contato com a natureza ainda preservada. Por meio da sua atuação como analista ambiental desde 2006, atuou em todas as regiões do país e já residiu em Guajará-Mirim/RO, Porto Velho/RO e Brasília/DF. Encontra-se agora em São José dos Campos/SP. Seu despertar criativo para a escrita aconteceu nos últimos tempos, inspirado pelas filhas pequenas. Escreve com a intenção de proporcionar a conexão das crianças com o meio ambiente e uma apropriação cuidadosa dos nossos bens naturais. Acredita que ver a natureza e seus elementos como um parque de diversões é fundamental para a valorização dos nossos recursos (já tão escassos) e construção de um mundo mais sustentável, que é a grande missão das nossas crianças.

Junior Marques é Ilustrador com ênfase em design de personagens, composição de livros infantis e um vasto repertório de técnicas, desde o digital ao analógico. Aprendiz de grandes nomes da ilustração, está sempre evoluindo para trazer as mais belas composições para os pequenos e grandes leitores. Começou a desenhar desde pequeno e hoje conta com dezenas de obras publicadas no Brasil e no exterior. Acredita que suas ilustrações tem o poder de despertar a alegria no coração das pessoas. Nas horas vagas, se arrisca como músico e ama um bom vídeo game.

Jojô ama a praia!

E te convida a brincar nela e com ela, usando apenas a disposição e a imaginação.

Quer se divertir com:

**– A areia?
– A água do mar?
– Os animais marinhos?**

Então, vem descobrir mais sobre esse ambiente delicioso e muito precioso.

ISBN 978-65-250-5957-0

APPRIS editora

9 786525 059570